A PELE QUE NÃO ARREPIA

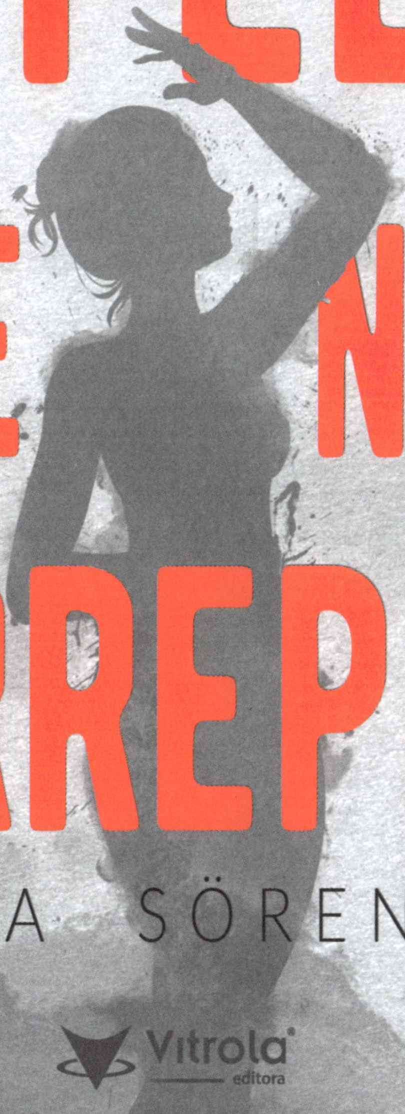

BRUNA SÖRENSEN

Vitrola editora

Direção Editorial
Vitor Alessio Manfio

Edição
Isadora Ferrão Sant'Anna

Projeto Gráfico
Erick Alves Pereira
Freepik

Revisão
Ana Maria Dal Zott Mokva

Prefácio
Marisa do Nascimento Pigatto

Dados Internacionais de Catalogação na Publicação (CIP)
(Câmara Brasileira do Livro, SP, Brasil)

Sorensen, Bruna
A pele que não arrepia / Bruna Sorensen. --
1. ed. -- Frederico Westphalen, RS :
Vitrola Editora, 2020.

ISBN 978-65-991749-4-0

1. Poesia brasileira I. Título.

20-48088 CDD -B869.1

Índices para catálogo sistemático:

1. Poesia : Literatura brasileira B869.1

Maria Alice Ferreira - Bibliotecária - CRB-8/7964

Vitrola editora

Essa obra é dedicada ao homem que contém a minha poesia!
Leonir Ângelo Balestreri Júnior

Também às mulheres da minha vida, as quais me ensinaram a escrever, amar e desabrochar!

Deixo meu singelo agradecimento ao meu querido sogro, Leonir Ângelo Balestreri e a minha querida sogra, Simonia de Oliveira, que abraçaram minha escrita e construíram a ponte capaz de conectar meu afeto ao mundo.

Sumário

Prefácio

Mulher cativante, desde o começo percebi o quanto tinha força e determinação, mas que por vezes estavam encobertas. Todavia, sempre se desafiava... Cada um de nós tem sua história e seu caminho. Assim, curiosa e sedenta pelo saber, seguiu… Como somos seres em processo contínuo de mudança, temos possibilidade de evoluir, e isso ocorreu diante os meus olhos.

*Despretensiosamente, palavra que tem todo sentido para Bruna, nasce "**A pele que não arrepia**", um livro de poesias, que posso dizer: a arte do encontro, o pulsar do amor... um diálogo vibrante, sensual e com palavras iluminadas, cores, melodias e natureza...Inspirado na paixão e no amor. Um sonho que, "despretensiosamente", deixa de ser apenas imaginário quando se transforma em realidade.*

Então, nesse momento, é importante apresentar esse livro que com criatividade, ludicidade e arte, a autora colore, dança, canta e ama com sua escrita. Algo muito característico dela, pois é vibrante e poética. Ressalto o título dos poemas com breve comentário, guiado pela fala das poesias, assim segue:

*Inicia com a **Composição**, construção dessa história de amor, sim, porque poesia tem que ter **Amor...**ser escutada, escutar, ser vista e assim existir vendo como "o dia é bonito ao raiar", colocado pela autora.*

É tua** a escrita que agrada, quando fala do cotidiano do amor. **Força,** que é enraizada na esperança, numa história desejada. E o que dizer do **Silêncio Trovoada**? Simplesmente é vida, emoção, querer* *viver... **História Antiga,** fragmento que estava escrito, vidas em palavras colocadas em algum lugar... **Azul,** cor, brilho, querer e sentir a "ausência na presença", lindo como dança de cores, que se acomodam na poesia... **Harmônica,** gesto calmo, abraço em fúria num **Gracejo** de vida que se encontra, se rende sem prender no **Verso** de um **Livro** e no **Tu.

*A autora brinca com água, estrela, luar, semear... pintar na pele a descoberta da "alegria que embala o sonho", então **Vem senta aqui, pra na tua vida eu ficar,** pois está pronta para amar. **Desde você** o tempo é diferente...na **Contradição** que mistura o sentimento, sem deixar de saber que é amor. No **Além de você,** voltamos nosso olhar ao passado, nos medos e nos projetos. **Vidas**, passam pelo olhar, pelo sorriso, pelo coração, pelo cuidado... **Tu** "vento que sopra, eterniza" nas **Confissões,** nos **Grandes Olhos** e no **Apego.***

*O amor que sabe permitir, ficar e esperar... seu **Encontro,** "encontraram a minha" **Escrita,** então, me deixe ficar! Agora, no **Mundo Preto e Branco,** entra esse colorido de energias, que quer ficar.*

*Ah! O que seria do mundo sem a poesia? Ela faz bem para todos e ajuda os **Insones,** nas longas noites, e também tem **O Gosto da Gente**: gostar do outro, sentir **Na Pele Colada,** cheiro...toque... **Fogo,** desejo e paixão... Se **Permita, Nós em Letra** com **Segurança** e no **Colo** a presença de fazer o mundo vibrar **Em ti aqui e Agora** na simplicidade da entrega.*

*Com **Calma,** a **Verde** cor que fala em **Linguagem** de sentimento... e, como num **Trem de Ida**, segue o ciclo da vida com **Pertencimento** e **Desejo. De Todas** as falas nas entrelinhas que **Por Ora** querem **Aqui** ficar, e com **Olhos de Luar** se encontrando ao sonhar.*

É, assim, a ***Melodia*** *quer dançar conhecendo o toque que nos* ***Contornos*** *do corpo insiste em ficar... numa* ***Escala de Cinza****, ele não esconde dela a sua melodia, e ela escolhe com* ***Alegria*** *viver esse amor.*

As ***Pupilas****, por vezes relatam um* ***Suspiro de Amor*** *de "convites sinceros" que sentem o* ***Corpo*** *falar...* ***Deixar-te-ei ler a mim,*** *porque a escrita permite a leitura e* ***Desce*** *cedendo ao toque que* ***Me Lança*** *ao* ***Encontro*** *de um* ***Segundo Ato*** *na intimidade da noite.*

Noite que faz ***Repousar Inteira*** *na intensidade desse amor que arrepia, contagia e transforma. Música, melodia toques no* ***Piano*** *são como* ***Lábios no Tempo*** *que soam no coração como* ***Flores*** *de esperança que na natureza e* ***Em Ti*** *traz a certeza de adultos que se encaixam e "****Despretensiosamente****" escolhem ficar juntos.*

Desculpa, *mas falar de amor é conviver no* ***Abraço****... E, já finalizando, chegamos no* ***Poema Atual,*** *que apresenta um amor que veio e quer ficar.*

Aos leitores desejo uma ótima "viagem" pelo mundo dos sentimentos, que certamente irão aflorar com a vibração dessas poesias. E, com isso, espero que possam colorir mais os seus dias!

Gratidão Bruna!
Marisa do Nascimento Pigatto

Deixar-te-ei ler a mim

Deixar-te-ei ler a mim
Deixar-te-ei ler a mim sem medos
Permitirei que tu leias com teus olhos e lábios
Que desvendes em braile meus versos e segredos
E que grites sussurros no silêncio de tuas palavras doces
Deixarei que tu despertes em mim os mais profundos desejos
E me permitas sentir a tua pele deslizar
Prometo que falar-te-ei coisas boas
E que serei breve ao me demorar

A pele que não arrepia

Parece que foi ontem que te encontrei ali parado
Com os olhos arregalados
Atento ao compasso da minha respiração.

Parece que foi ontem que te encontrei ali parado
Contornando o contorno dos meus traços
Perdido na profundidade dos meus olhos
Olhando-me intensamente
Prendendo a respiração.

Parece que foi ontem que te encontrei ali parado
Curioso com meu silêncio
Inquieto
Mudando os passos
Querendo prender minha atenção.

Parece que foi ontem que te encontrei ali parado
Com a pele lisa
Inerte ao meu toque
Despertando minha atenção.

Parece que foi ontem que toquei a tua pele macia
Que não arrepia
Quem não me engana com tua intenção.

Parece que foi ontem
Que desvesti a tua alma
Que revelei a ti os teus desejos
Que apropriei-me da tua vontade
E te fiz sentir o movimento do amor
Com o leve toque das minhas mãos.

Composição

Deixa eu compor
Tuas notas e versos
Deixa eu falar baixo sobre essa paixão

Deixa eu te escrever
Mensagens em bilhetes
Pra não insistires mais com a solidão

Deixa eu escapar
Por entre teus dedos
E me embriagar com teu beijo
Antes de querer remissão

Deixa eu escutar teus sussurros quentes
Descendo meu pescoço e me matando de amor

Deixa eu falar
Em silêncio me deixa
E me acalenta no teu corpo, por favor

Amor

Tu reparaste em minhas palavras
E as ditaste uma a uma
Sem demora
Me abraçou
Me propuseste para ficar
Nos teus braços
Na tua vida
Mostraste-me que o dia é bonito ao raiar

É tua

É tua
Escrita que me agrada
Acalenta
Lenta
Me sorve devagar

Me passa
Entre tuas coxas do avesso
Onde me deixo
Sem hesitar

Te exalto
Quando em mim dança
E te zombo
Ao percorrer minha boca mansa
Me deito
No teu peito ardente
E em ti
Quero morar

Força

Tu não és descuido
Nem bilhete rabiscado
Nem palavra que sai da boca pra fora

Tu és raiz profunda
Que cultiva a esperança
Que nutre
Que enriquece a alma

Tu és forma desenhada
Pelos versos da lembrança
Pela história que, por nós, foi criada
Desejada
E que está na minha pele
Desenhada

Silêncio Trovoada

Teu silêncio trovoada
É para mim sopro de vida
É beleza inacabada
Onde reside certa melancolia

Teu silêncio trovoada
Inquieta
Desperta
Desfaz as amarras
E afugenta a tristeza quando se instala

Teu silêncio trovoada
Se mostra devagar
Se revela nos teus olhos profundos
Que brilham para mim sem parar

Teu silêncio trovoada
Grita palavras quentes
Que feito facas afiadas
Penetram corpo adentro

Teu silêncio trovoada
Que reveste teu olhar
Me despe por inteiro
E em ti, bem fundo,
Me faz querer morar

História antiga

A nossa história eu vou contar. Mas vou contar em verso que é para deixar saber bem devagar. Eu vou falar em fragmentos. Versos fragmentados vão falar sobre nós. Nas fendas do tempo, versos antigos falarão.

Deixarei teus olhos desenhados nas paredes antigas. Teu rosto pintado nas vidraças das janelas que se abrirão. Teu corpo marcado nas cobertas finas. E tua voz anunciada pelos sinos das catedrais.

Versos fragmentados
Soltos dentro dos livros
Amassados nas bilheterias
Escondidos nas mansões antigas
Ou nos porões de um velho casarão
Abandonados
Todos estes
Versos fragmentados falarão de nós

Azul

No azul do céu eu vejo teus olhos
E te sinto perto
Como te quero!

As estrelas refletem
O teu brilho forte
Que nem de longe consigo esquecer

As cores se alteram e se misturam
Como faz a gente
Sem perceber

E na tua ausência presente
Bate forte em meu peito
A tua voz silenciosa
Que guardo aqui dentro
Ansiosa em te ver novamente

Mundo preto e branco

Eu colori as tuas linhas
E reescrevi a tua história
Dei graça ao teu sorriso
E voz ao teu cinema mudo

Então me deixa um pouco mais no teu mundo
Reescreva a minha cena
Interpreta-me em diferentes papéis
Esculpe em mim um poema
E fica aqui para eternizar o melhor de nós

Harmônica

Eu gosto dessa tua voz harmônica
Que parece som de gaita de boca
E dessa tua risada pausada
Que me tira do sério
E me incendeia a alma

Eu gosto do teu gesto calmo
E da tua fúria quando me abraça
Gosto de te ter por perto
E a ti me entrego
Sem pensar em nada

Gracejo

O que é a vida, senão uma noite de insônia bem dormida?
Com teus beijos na lembrança e o desejo de te habitar
Dentro
Me ganha
Em uma música
Me move
Lenta
Em um passo de dança
Faz poesia
Neste jogo já sem rima
Em que me perco ao te encontrar

Me encontra
Dança
Faz eu me render
Sem te prender
Queira ficar
Insista
Só mais um pouco
Enquanto acho graça dessa tua fala
Rouca
Que me deixa louca
Me faz querer estar

Me prende
No teu abraço
Já sem hora
Com a porta aberta
Escuta
O que é dito aos poucos
Vai marcando o outro encontro

Verso

Sempre que te leio
Te devoro
Sempre que te leio
Te transformo em verso

Te eternizo
Sempre que te leio
Me demoro
Te degusto
Antes de te transformar em palavra dita

Sempre que te leio
Serpenteio no verso
Da tua boca
Me aproprio
Dos teus traços

Sempre que te leio
Reafirmo que te quero

Livro

Tu
És livro em ALTO mar
És banho de Estrela
És criança na Praça
És agito
A me contagiAR

Tu
És cANTIGA de ninar
És brincadeira
És Teoria
És tinta ainda FRESCA
És coisa nova sobre tudo
És novIDADE
A vida INTEIRA

És brilho do luar
És amor
És quem semeia

Tu
És a pele Seca
És a vida a se misturar

És a construção
A reviraVOLTA
A descoberta
A alegria que embala o sonho
E és o sonho a se realizar

Vem, senta aqui

Vem, senta aqui
E abre estes teus olhos que há tempo são distantes
Escorrega
Tua saudade para dentro do meu peito
Que já não se cansa
De te querer
Que encontra o frio e o aconchego
Neste bem-querer

Vem, senta aqui
E me leva nesta tua fala mansa
Me ganha e me bagunça
Para sempre
Pois eu já sei
Que eu te quero presente

Então já não te escondas e me beija
Me comova com teus medos e certezas
Só me diz, mais uma vez, que é aqui
Que eu vou te encontrar

Arranca esta saudade que me arranha
E me diz o que eu quero escutar
Depois te deita ao meu lado
E só me deixa te amar

Pra na tua vida eu ficar

Só mais meia hora
Só mais um pouco
à luz do teu olhar

Bagunça
Beija
Brinca comigo
Demonstra te importar
Faz-me rir
Não demora e vem
Estou pronta para te amar

Contradição

Eu acho que deveria me proteger
Mas eu deixo
Deixo tua voz me partir ao meio
E tua mordida me juntar os pedaços
E as tuas mãos me invadirem a alma

Eu acho que deveria me proteger
Mas deixo tua estrutura consumir meus beijos
E permito que meu pranto escorra em tuas veias
Misturando nosso tom de pele uniforme

Eu acho que deveria me proteger
Mas deixo a tua autonomia conduzir o que sinto
Enquanto tua indiferença vem atrás de mim e me prende no teu abraço
Decidido por não me findar mais

Além de você

Além de você
Eu também aprendi a me relacionar com a tv
E com o fogão
E com aquele livro de receitas antigas que eu escondia

Além de você
Eu também aprendi a me relacionar com o que eu não queria ver
E com as amarras que me prendiam
E impediam de levar adiante o que eu temia por não querer perder

Além de você
Eu aprendi a descobrir o que fazer
E a pensar de outros jeitos
E me deparar com tantos medos
Que eu evitava antes de lhe conhecer

Além de você
Eu aprendi a me relacionar com a espera
E com a entrega
E com os gostos que eu jamais pensei em ter

Além de você
Eu aprendi a me dedicar ao verbo
Ao que eu verso ao lhe ver

Além de você
Eu aprendi a não ter pressa ao lhe descrever

Vidas

A gente nunca tinha se visto antes
Além daqueles dois primeiros encontros
Até que um dia nos encontramos
No vão de duas esquinas
Seus olhos me envolveram
E eu soube que seu coração disparou naquele instante
Meu sorriso se rendeu ao seu
Até que você me ofereceu a sua preocupação
Eu estava em suas mãos
Isso já tinha um tempo
Dias
Semanas
Vidas
E dali em diante eu só queria estar
Nos seus braços
Então decidi ficar
Bem perto do seu pensamento
E me render
Deixar chegar

Tu

Tu fazes isso comigo, já nem sei explicar
Tu és uma coisa leve, mas muito poderosa que eu desafio tocar

Tu és tipo o vento que sopra brisa leve e eterniza os momentos,
não importa o lugar

E tu te enfias de leve
Em cada lugarzinho que eu nem sabia que existia
Nem que algo poderia caber
Então deixo estar

De leve tu te depositas
E então me confortas
E ficas
Me deixas te amar

Mas nesses detalhes tu me enches
Me fazes transbordar
Daí decorre que eu desejo crescer
Para poder te abrigar
Eventualmente

Confissões

São nossas palavras que falam de nós
E despretensiosamente nos confessam já sem medo

São nossas palavras que falam de nós
E eventualmente anunciam mais do que sabemos

São nossas palavras que falam de nós
E se colocam de modo surpreendente
Entre o agora e o depois
Revelando mais do que havia sido dito pelo tempo

São nossas palavras que falam de nós
E traduzem quem somos por inteiro
Que orientam nossas ações naquilo que confesso ser meu desejo

São nossas palavras que falam de nós
E nos tornam para sempre nosso mundo inteiro

Grandes Olhos

Quando seus grandes olhos me enxergaram
Eu não pude evitar
Tentei dar de ombros
Sair sem avisar
Mas já não tinha outra escolha
Senão ficar

Embriagava-me o seu amor
Mesmo quando ainda não dito
E suspirava seus desejos
Até aqueles mais contidos

Enquanto a melancolia
Aproximava nosso destino
Mantendo-nos cada dia perto
Definitivamente mais unidos

Então seus olhos passaram a me fazer convites honestos
E seus braços a me acolher
Mantendo-me por perto
Agora eu vivo em você
Vivendo para ser

Apego

Eu sei que eu te fiz feliz
Porque teus olhos sorriram
Desde a primeira vez
E a tua calma se apressou em me descobrir
E a tua pele me desvestiu do avesso
Tirou meu vestido apertado
E soltou as amarras mais duras na minha alma
E a tua entrega entrou pela porta da frente
E tua verdade não se importou se poderia ser inconveniente

Eu sei que eu te fiz feliz
Porque teus olhos sorriram
Imediatamente
Tuas mãos me dedilharam
E teus lábios me compuseram em versos
E a tua nostalgia apressou em mim o futuro
E a tua ânsia me ofereceu exatidão
Na segurança de te rever mais um dia
Tu me fazes feliz
Apego seguro
Aperta
Teus braços em mim
Segura
Estica
Me deixa partir
Mas me espera
Com o amor sem pressa
Que sabe permitir

Encontro

A tua forma eu vou descobrir
Vou começar pelas beiradas
Sem pressa
Vou por onde começa
A tua pele arrepiar

A tua forma eu vou descobrir
Então me deixa às margens tuas
E espera eu mergulhar
Devagar
Inteira
Me beba
Me deixa ser tua
Faz a sede acabar

Me cobre
Sem hora
E atravessa
Esses lugares que conto
De ponto em ponto
Querendo te reencontrar

Escrita

Teus olhos passaram lentos
Pela minha escrita
E se debruçaram teus braços
Sobre meus rascunhos inacabados
Alterando a melodia

Cantou-me em silêncio
A tua voz rouca
E me falou aos ouvidos
Serpentinas de amor

E desceu
Feito confete em noite quente
A tua alegria
Ao saber quem eu sou

Insones

A poesia é companheira dos insones
Onde reina a madrugada
É parte da nossa obra
Fria e inacabada
É relva fresca
É o poder da madrugada
Que se estrutura e molda a vida
Para quem a noite é parada

O gosto da gente

Gosto da gente
E das sensações que me provoca
Do jeito que a tua saudade me revira
E da forma como as tuas lembranças me permitem te encontrar

Gosto do jeito que tu montas nos meus pensamentos
Da forma com que me levas para passear nos cenários inventados
Que compõem todo o meu ser

Gosto da forma da tua poesia
Do tom da tua melodia
Que me arrasta e me prende em ti

Gosto das tuas extremidades
Da tua pele fina
Que meu toque rompe
Sem a gente perceber

Gosto da tua ousadia
Dos escritos pouco estruturados
Que tu arriscas me dizer

Gosto da tua calmaria
Do teu gracejo longo
Da tua risada sem pausa
De cada letra do teu nome
No meu
Eu
Revirada

Na pele, colada

Eu gosto do que fica colado na pele
Gosto do abraço
Do beijo
Do tato
Da brisa leve

Eu gosto do que toca a alma
Do cheiro
Da poeira
Da grama molhada

Eu gosto do que fica colado na pele
Da tua ausência
Que antecede a chegada

Eu gosto da calma
Da paixão sorrateira
Que queima
Nossa pele molhada

Fogo

O fogo se espalha pelo chão
E tua imagem massacra meu coração
O frio ricocheteia em minh'alma
Que ferve amores por ti

Escorrega em mim e não para,
A lembrança do teu corpo quente em minhas mãos

Te quero
Não mais nego
E não paro
De encontrar nesse ar
Algo que mate a tua sede
Algo que compense nosso desejo
Então, se puderes,
Peço a complacência de viver comigo este amor

Permita

Permita que eu te revire do avesso
Que eu retire teu sossego
Que eu te roube para mim

Permita que eu te pegue desprevenido
Que sussurre gritos
Que cante em teu ouvido
Onde cala minha voz

Permita que eu te marque a lembrança
Que te conceda uma dança
Que te habite a sós

Nós em letras

Acho mesmo que a gente se achou escrito em algum canto
Feito resto de poema que diz tudo em um pranto
E nos encontramos para formar a letra
Da melodia que eterniza a canção

Acho mesmo que somos improviso de algo pronto
Quem se entrega sem medir o tanto
Quem não lamenta quando morre de paixão

E somos nós os pontos
As vírgulas
As letras
Que se desatam em um Conto
Que encontro sem pressa
No meio da multidão

Segurança

Você me faz rir
Um riso incontido
Vira meu abrigo

Colo
Na tua orelha um instante
Uma canção
Uma vida
Palavras não ditas
Que se repetem a cada estação

Insisto em te ter em verso
Pois gosto de sentir teu afeto
Fazendo pulsar meu coração

Em ti, aqui e agora

Os nossos momentos são feitos de simplicidade
E daquela coisa que a gente guarda e chama de alma

Os nossos momentos são defeitos da entrega
Da demora sem pressa
Do tempo não marcado
Do aviso desavisado

Os nossos momentos são feitos de acasos
Dos casos do agora
Da vontade que impera
E do aqui que demora querendo ficar

Os nossos momentos são feitos do olhar profundo
Das cores de sempre que combinam com tudo
E do desejo profundo de fazer o mundo em ti habitar

Calma

Eu gosto da tua pressa
Que se aninha devagar
E gosto do teu jeito de sorrir
Sem demonstrar

Gosto da tua fala sedenta
E da tua mente excitada
Que me contas sem quantificar

Eu gosto da tua inércia
E do tempo que passas a divagar
Gosto do jeito que te perdes
Naquilo que queres me contar

Eu gosto da tua alegria
Do teu jeito de dançar
Gosto da tua energia
E de como chegas pra ficar

Verde

O que é verde, afinal,
Senão aqueles olhos marrons quase puxados
Que sorriem quando me enxergam?

O que é verde, afinal,
Senão o gosto da esperança que ela sente
Quando a coloco ao meu lado?

O que é verde, afinal,
Senão a expressão do amor que sinto
Que não deixo guardado?

O que é verde, afinal,
Senão a cor das palavras que ela recita enquanto conversa
Falando despretensiosamente sobre a vida que contesta?

O que é verde, afinal,
Senão o questionamento infundado que fiz no primeiro encontro
De modo inusitado?

O que é verde, afinal,
Senão o impacto das vírgulas e dos pontos que eu já nem sei mais usar?

O que é verde, afinal,
Senão a cor do vestido estampado
Que ela usa para combinar comigo?

O que é verde, afinal,
Senão um questionamento que só pode ser respondido
De modo inexplicado
Quando estás comigo?

Linguagem

A tua linguagem do amor
Ainda que escrita
Me traduz aos poucos
E nosso contrato vai se fazendo a cada encontro
Revelando um pouco mais sobre nós

Nem nos importamos com o que está dito entre as palavras
Vamos nos entregando
Testando se é seguro ficar

Vamos dizendo com cuidado
Aquilo que está guardado
Profundamente desejado
E vai pontuando a história
Que a gente constrói

A tua linguagem do amor
Que me diz sem pressa onde estou
Me guia
Me leva
Para aonde quero ficar

Fica em mim
Me guia a te amar

Trem de ida

Queima minha paixão
Excitada pela faísca das rodas nos trilhos
E se assemelham a um vagão
Os pensamentos que te abrigam

Escorre molhada
A chuva que narra
Nossa canção
Sem data marcada

Em mim te arranho
Tal qual a agulha no disco
Que fica enfiada

Depois te anuncio
Em meio aos gritos
De outra estação lotada

Pertencimento

Tudo o que mudou foi a cor do traje
Pois nos teus olhos eu me vejo
Me reconheço
Neste olhar de brilho
Nesse teu sorriso
Que aflito
Anseia por me ter

Tudo o que mudou foi a cor do traje
Pois te fez presente
Gradativamente
Me colocando para decolar no teu prazer

Tudo o que mudou foi a cor do traje
E a tua saudade
Que insiste em me envolver

Mas em ti me reconheço
E me encho de apreço
Poder a ti pertencer

Desejo

Tenho desejo de te ver lá
De apreciar teus traços desenhados pela pouca luz
E ver teus olhos delineados por palavras soltas

Tenho desejo por te transformar
Por pronunciar tuas descrições na minha frente
Embriagando-me a alma e alimentando meus devaneios

Tenho desejo de ti
De te roubar para sempre
E castigar teu corpo com o meu

Desejo por te ter sedento
Incansável
Lento
Aprofundando em mim
O teu amor

De todas

De todas as entrelinhas
Nem sei qual eu gosto mais
Mas deve ser a dos teus olhos
Que descrevem o gosto de quero mais

De todas as entrelinhas
Nem sei qual gosto mais
Mas deve ser a dos teus lábios
Que me guiam ao teu beijo
O qual sempre me satisfaz

De todas as entrelinhas
Nem sei qual gosto mais
Mas deve ser a do teu travesseiro
Que sonhas comigo

De todas as entrelinhas
Nem sei qual gosto mais
Mas deve ser a dos ponteiros
Que param o tempo
Quando a gente se desfaz

Por ora

Então vai
Me leva
Sem pressa
Sem preço
Sem hora

Só deixa a ternura me carregar por ora
Em tua alma sincera
Me deixa ficar

Me abraça e desata
O nó da garganta
A saudade que canta
Em nós
Me amarrando em ti
Para sempre estar

Aqui

Eu me entrego
E te peço para ficar
Encaixa aqui
Me observa quando eu acordar

Eu me entrego
Tenho pressa
Sem demora
Quero te encontrar

Olhos de luar

Eu e essa minha mania de regar bem as flores
De acender palitos de fósforo e soprar de longe
Quase nem acreditei quando te vi
Quando acordei de madrugada e vi a lua grudada no céu do meu quarto
Foi quando te senti perto

E quando avistei o clarão da aurora lá fora
Senti teu beijo passar por mim
Feito noite fresca do verão quente que faz aqui

Assoviei alto para os rouxinóis que voavam de lá para cá
Querendo achegar-se aqui
Antes de ti
E despistei meus caminhos vagos
Deixando retratos vazios
Para te achegares

Melodia

O teu corpo é meu palco
Que me permite dançar
No limiar dos teus traços
Que deixa o som do piano me invadir
Enquanto me acalmo

O teu corpo é meu palco
Que me sustenta enquanto caio
E regozijo nos teus lábios

O teu corpo é meu palco
Que me faz girar na tua energia
E me despe enquanto comove
Me fazendo te exaltar

O teu corpo é meu palco
Que desperta o desejo de dedilhar a tua pele fina
Que me morde e me incendeia
Para me reconstruir na tua melodia

O teu corpo é meu palco
Onde me perco e improviso passos
No compasso da tua voz firme
Que me faz saltar

Contornos

Eu acho incrível como a tua pele não arrepia
Como se já conhecesse e pudesse prever
Onde minhas mãos vão recair em ti

Eu gosto do teu lamento doce
Da boca macia
Do olhar quente
Que incendeia ao me ver

Eu gosto do teu jeito terno
Da tua paciência
Que desperta minha calmaria
Que me aprecia
Sem eu perceber

Escala de cinza

Eu escolho a tua escala de cinza
E aquela tua camisa xadrez com laranja
Que revela o brilho do teu olhar

Eu escolho os tons de azul que tua voz mistura
Quando dança abraçado em mim
Na beira da piscina
Antes de entrar

Eu escolho a tua pele fina
E o teu toque leve
Que de leve me leva pra longe
Perto de ti
Onde eu quero estar

Eu escolho a tua melodia
Que não esconde de mim a melancolia
E me brinda com zelo
Ao te contemplar

Alegria

Me banho em teus olhos
Que se riem do meu sorriso
E provocam a minha ira
Revirando-me feito vendaval
E me encanta
A tua pele branca
Que não arrepia sentindo meu toque
Como se previsse todos os meus movimentos ao te tocar
E a tua voz
Que me cochicha feito grito
E me cala na agonia
De pertencer a ti cada vez mais

Composição

A gente compõe a letra
E se compõe nos cantos
E as melodias falam de nós
Só não sei dizer o quanto

Sei que a gente se assemelha
Quando enfim se deita
E o teu beijo na minha orelha
Me lembra que não estou só

E o teu verso nem me espanta
Quando na tua garganta arranha
Querendo como eu
Ficar em ti um pouco mais

Me mordo na tua boca
E espero teu abraço
Distancio a distância
E me perco nos teus braços

Fica em mim a esperança
De te ver no pôr do sol

Pupilas

Eu gosto da cor dos teus olhos
E da tua pupila que se agiganta para me contemplar
E do tom da tua boca
Que não se cansa de falar
E gosto do teu silêncio
Que eu quebro num piscar
E da tua voz calma
Que me fala sem hesitar
E gosto do teu tom leve
Que me perde por aí
Que já não me deixa estar
E de tanto estar
Já está em mim

Suspiro de amor

Quando seus grandes olhos me enxergaram
Eu não pude evitar
Tentei dar de ombros
Sair sem avisar
Mas já não tinha outra escolha senão ficar

E me embriagava do seu amor
Mesmo quando ainda não dito
E suspirava seus desejos
Até aqueles mais contidos

Enquanto a melancolia do tempo
Afastava-se do nosso destino
Mantendo-nos a cada dia mais unidos

Então seus olhos passaram a me fazer convites honestos
E seus braços a me acolher
Mantendo-me por perto

Corpo

Foi a fluidez do teu corpo no meu
E as entrelinhas da tua respiração
Que me conectaram a ti e permitiram a paixão

Foi o toque leve da tua mão
E o olhar cuidadoso antes de me invadir
Que me fizeram mergulhar nos teus sentimentos
E descobrir a nossa imensidão

Foi o encontro dos meus cabelos com os teus dedos
E dos meus lábios com a tua boca
Que arrancou de mim a mais profunda respiração

Foi a tua convicção que me prendeu nas tuas histórias
E o pisar firme dos teus pés ao me alcançar a mão
Que me sustentaram e afastaram o medo de ir na tua direção

Então eu me entrego
E me deposito nos teus cantos
Ansiando por te ter aqui
Onde verte o meu amor por ti

Desce

Desce
Aquele beijo pelo meu pescoço
Só mais um pouco
Me faz
O carinho que acalma
Que afugenta a alma
Que esquenta o olhar

Me lança
Por cima da tua pele arteira
Depois me deixa
Em ti sossegar

Encontro – segundo ato

Escorrega a tua mão pelas minhas costas
E me alisa inteira
Afaga meu sentimento
Me deixa estar

Depois me abocanha
Me leva na manha
Até a manhã chegar

E então me espera
Quando a noite começa
Querer nos cansar

Me grita em silêncio
Na tua pressa
Entre o vai e vem das tuas coxas
Me deixa estar

Repousa

O teu cansaço nos meus braços
E te aconchega aqui no peito meu
Me fala
Essas tuas falas longas
Que eu desejo escutar

Me diga aquelas coisas
Faça tuas contas
E não leves em conta
Se eu não souber contar

É que me perdi nos tempos
Entre um acontecimento e outro
Que gosto de me lembrar

Então há espaço que deixo
Para aprender tua rima
Para descobrir o teu mundo
E nele habitar

Inteira

Se for para ser
Pelas razões que forem
Que seja como tiver que ser
Mas seja poesia

Que te arrepie a pele
Que faça a pupila dilatar
Deixa-te levar

Que seja leve
Que te leve
Que conecte
Que possa modificar

Que se ligue
Que transforme
Que seja aqui
Que seja lá
Mas seja o que puder contagiar

Piano

Teus dedos deslizam
Teus dedos deslizam e notam
Produzem sons que se arrastam e elevam

Teus dedos deslizam
Pela pele branca
Dedilham as cicatrizes
Que me permitem reviver

Teus dedos deslizam
Se afinam
Confundem
Explodem as vozes
Que as notas cantam
No meio da gente
Quando a noite surge
E a gente só quer se ter

Lábios do tempo

Vou desenhar teus lábios
Com meus dedos
E te arrepiar a alma
Com meus beijos

Quero te sentir pulsar em mim
Mesmo na incontrolável distância do tempo
Quero me perder na incerteza de te encontrar
E te mostrar o mundo mais bonito
Que eu puder te dar

Flores

Eu vou te entregar flores
E vou dançar a tua dança
Vou me envolver em teus toques leves
Mantendo viva a esperança

Vou me embriagar no teu sorriso doce
E ficar na tua lembrança
Vou deixar a lua adormecer
Sobre tua pele macia
Por fim levar-te-ei pela noite
Por séculos de distância

Em ti

Me faz ficar aqui
E esquecer aquilo que já não compensa
Me faz deitar na tua beira
E me banhar no som da tua voz

Me deixa estar
A sós
Me entrega
A tua espera
Aguardada
Me confia
A tua crença

Brinca
Me chama pra ficar
Contigo eu quero
Inteira

Desculpas

Desculpa, mas te amo
Assim sem remendo nem portanto
Declaro-me entre horas confessas e suspiros tristes de solidão
Te amo

Desculpa a pressa
Mas o que me resta é me apropriar do teu coração
Te amo

E em ti faço uma prece
Antes que o dia comece
Te amo com pretensão

Abraço

Eventualmente tu sorris para mim
Entremeio minhas lembranças
E te escondes nos meus braços
Encurtando a distância
Eventualmente

Poema atual

É um poema atual
De simplicidade crua e tenaz
Que se revira na minha boca

É um poema atual
De simplicidade crua e tenaz
Que vira verso quando eu te beijo

É um poema atual
De simplicidade crua e tenaz
Que desperta em mim o teu desejo

É um poema atual
De simplicidade crua e tenaz
Que diz sobre mim que sou tua por inteiro

Não, tu não és, nem de longe, exagero poético

Despretensiosamente

Aquela vez em que você chegou sem avisar
E eu despretensiosamente me convidei para ficar
Foi quando você olhou em meus olhos pela primeira vez

Aquela vez em que você chegou sem avisar
Quando indagou: O que é verde, afinal?
Foi quando eu descobri que não sabia a verdade sobre algumas certezas
Muito menos do que era verde afinal

Aquela vez em que você chegou sem avisar
Querendo saber mais do que meu próprio nome
Foi quando me entreguei ao desejo de descobrir
o que é azul afinal

Aquela vez em que você chegou sem avisar
Foi a primeira das tantas vezes que me deixou sem reação
frente às suas colocações quase inimaginadas
Foi quando me arrebatou tocando a minha pele
Como se fossem as teclas pesadas do seu piano
Tirando de mim os mais bonitos sons

Aquela vez em que você chegou sem avisar
E envolveu em seu abraço a minha cintura, colocando-me ao seu lado
Foi o dia em que meu sorriso mais sorriu
E quando seus olhos me invadiram lentamente
Revirando os meus medos e soprando para longe no vento
Me deixando nua
Sem qualquer armadura
Inteira pra você
Foi aquele dia que o deixei me amar
Foi daquele dia em diante, desde você, que eu só desejei estar

Foi quando me assustei com os recados do tempo
E me perdi no assunto dos seus versos
Daquilo que era confessado pela primeira vez
Foi ali que decidi lhe pertencer
Foi quando a gente se encontrou mesmo estando longe
E minha pele arrepiou ao lembrar o beijo que me deu
E quando seu peito me acolheu
Foi desde você
Que decidi assumir meus medos confessos
E me reaproximar do que sempre desejei
Foi desde você que me senti segura ao ser amada
E escolhi
Compartilhar com você a estrada

Vitrola® editora

vitroladistribuidora

VITROLA EDITORA E DISTRIBUIDORA LTDA
Rua das Camélias, 321 - Aparecida
CEP: 98.400-000 - Frederico Westphalen - RS
Telefone: (55) 3744-6878
editora@vitrola.com.br
www.vitrola.com.br